端境の海

麻生直子

思潮社

端境の海

麻生直子

思潮社

目次

カバー作品＝チカップ美恵子「シンルシ／苔」（撮影・植村佳弘）
装幀＝思潮社装幀室

端境の海

死者は仮面をかぶって逝く

死者は仮面をかぶって逝く
だれもが
やすらかなほほえみさえ浮かべていたという
死者たちの柩に

視る意識は
生きているひとのものだ
見失い

見捨てた父や母や子を
その関係の糸のなかで囲いこみ
とむらいの冷気を黒衣で曳いていく
けれど
存在のひとりひとり
わたしではなく
わたしたちとあなたたち
わたしとあなたが
無関係をよそおっている無表情な仮面を
仮面のなかでつちかわれた想像力を

魂の抜け殻になった未知の存在の
悶死の一日をとむらう
棄民の時代のオルティン・ドー*をなつかしむな

砲声のひびき渡る草原に
骨として生き残る動物よりも
惨死を生きた死者たちに
どんな仮面が用意されるというのだろう

不帰郷の遠い日の
きょういま一瞬の
死者たちの生の歴史に
泥の仮面を塗って
血の仮面を色どって
驚愕の目を見開いて
慰撫の書を刻まないで

祈りの安息は祈るひとのものだ

それが生前あなたがしてきたことだ
あなたたちとわたしたちがしてきたことだ
共生をうたいながら
きょうも　未成のぎまんの物腰で
死者に仮面をかぶせないで

死者の黙示を
かたりえるひととなる
そのひとのこえとともに

＊自由なリズムで歌われるモンゴルの民謡。

*

雪の道

いにしえの町並みは
白く細く　人影もなく
海辺につづいて
冬の波濤が風笛を吹いていた

だれかに逢う約束もなく
いそぐ旅の目的もなく
雪の道を通りすぎて

ちいさな祠《ほこら》の姨神《うばがみ》物語に頬をあたためる

川辺の柳の小枝にも
銀色のかぼそい尾花にも

月のしずくがきらきらと氷りついて
震えながら春を宿していた

いつもだれかを失ったのちには
この北の町を旅するのであった
疎林の傾斜地に
小牡鹿が姿をあらわす

蝦夷海鳥は

風切羽の胸もとに雛をかくまい
昨夜　車のなかで凍結していた缶コーヒーも
太陽が射す午後には溶ける

江差追分を聴いたのちには
もう　だれの人生訓にも触れたくなかった

父の絵

草原の町の中央を流れる川は
水底まで透きとおって
小魚が泳ぐ姿がよくみえた
鳥が　嘴に光る悶えを瞬時にのみこみ
さざ波の水滴を散らし
くりかえし
食餌をしている

あのひとも　朝の散歩で
めにはみえない　瀕死の光りを
橋上からみおろしていたのだろうか
ハラワタを喰いちぎられて
河口におちてゆくかぼそい尾ひれ
陽と月と波止場の釣り針

ながい付き合いのある友人が
いましがた　電話の向こうで
あなたのお父さんの油絵を持っている
なかなか素晴らしい風景画なんだよ
あなたに　贈ってあげようとおもう

父に認知されないこどもの存在を

かれは　何時から知っていたのか
知っていて　ながいあいだの麗しい友情に
わたしは　あまんじていたのか

夕陽が　息をのむ美しさなんだ
おもわず砂浜に座って　拝んでいたんだ
そんな彫刻家の所有する　一枚の父の絵より
あたいあるものを　わたしは知っている

海辺には　だれの人影もなく
漁港には干物のにおいも潮風も息絶えている
どの家も二重窓を閉ざし
わたしの母鳥は　夕凪の水平線に足を捕られて
人間不信のまま没した

夜まで　半身浴して岩陰で過ごそう
町のなかに足を運ぶのは
それからでいいのだ
まだ危なく揺れるので　旅行鞄はここにある

降りつもる霧の砂

旅行鞄を置きに部屋にはいると
塵のようなうずまきが
無風の空間で騒いでいる
いつから忍び込んだのか
机の上の機材や置き時計　本棚にも
畳の床にも
埃のように密着してひしめいている

ここは海辺からも遠い
わたしの居場所に
なぜ砂が浸入するのだろう
箒で掃いても
掃除機で吸い込んでも
窓を明け放っても
ますます濃霧のようにおしよせる

旅さきの
海の見える防波堤の上に腰掛けて
消えた砂山
消えた砂浜
消えた船びとを
懐かしんで

ひとり嘆いていたのは確かだけれど

呼び込んだ覚えのない砂塵の正体は
確実に不安を積もらせていく
この部屋にいる限り
砂を吸い込みながら暮らさなければならない
鼻腔から体内の器官をとおして砂が
血管を詰まらせていく砂が
水分も脂肪も砂にかわり
いつの日か
砂の人体が寝袋のように石化し
おかまいなしに部屋を埋め
家も埋めていくだろう

旅さきの海辺で
砂山を恋い　妣の島を恋い
戯れにふさわしい砂浜に思いを寄せたばかりに
想念の闇まで占有しようとする
断礫の壁

得体の知れない閃光と砂塵にまみれ
懐郷の記憶も絆もうすれてゆく

沈む部屋に
水が浸透してくる
音もなく
波が砂の窓を洗い
端境の海が来ている

春のおもいで

東京での就職を決意して
ようやく異父兄の許しがでた四月はじめ
母は「行くのかい」と言って目を潤ませた

青函連絡船が岸を離れると
おびただしい数の　五色のテープが波間に散って
函館山が万物生*にかすんでいく

青森からの夜行列車では
寝台上段の屋根をゆるがし夜通し雷鳴が響き渡った
目が覚めると菜の花の平野を汽車は眩しく走っている

大田区大森職業安定所に行くと
係りの中年男性が椅子を揺らし
机上にサンダル履きの足をのせながら言い放った

「なんだ　母親ひとりおいてきたのか」
「東京にあこがれて出てきたんだろう」
「帰れ　帰れ」

春の苦いおもいでが
歳月が重なるほど　鮮やかによみがえるのは

なぜだろう

東京は住む処ではない　たたかう処だと　誰かが言った
たしかに　わたしにとっては
「帰れ　帰れ」という声とたたかう処だった

母も異父兄も他界して　春のおもいでが浮いている
ターミナルの人混みをいまだ上手く歩けない
たたかう人たちに軽々と追い越されている

＊春の雨のこと。

風祀り

いつも潮風が町をゆらしている
岬ちかくのホテルに
夜おそく到着した

温泉の湧く浴槽にからだを沈め
昨日から今日の出来事に虚脱していると
わたしの目の前を
からだを洗い終えた母が

〈先にいくね〉と
かるく手をふって
脱衣室の自動ドアに霞んでいった

死のきわにわたしはいなかった
昨夜　納棺する母の遺体は
シートに覆われ　男のひとの腕で洗われた

今朝　火葬に伏した骨を壺におさめて
旅行者のようにこの土地まで来たのだった

そばにいて支えてほしい男は来なかった
期待はしていなかったけれど
許せない意識が灰のように積もる

広い湯船のなかで
剣呑な風を鎮めなければならなかった

あの丘の上に
遺骨を埋葬したのちは
清らかな風霊をひだり肩にのせ
地の果てまでも行けると思った
〈夢のようだねえ〉
旅先ではいつも嬉しそうにまわりを眺め
感嘆の声をあげる母だった

たしかに脱衣室の床に
濡れた足あとはなかった

丘の上に続く坂道を
輿を担いだ行列が賑やかに進んでいく
晴れ晴れとした北の空に白衣をひるがえし
花びらがしきりに舞って
歌ごえもながれ
輿に乗った母が花簪《はなかんざし》をして
恥ずかしそうに扇をかざしながら
天上に揺られていく
〈夢のようだった〉
〈ほんとに夢のようねえ〉

わたしのかなしみを葬るために
時鳥のように
旅枕に姿をあらわす母がいる

喉笛

島影も見えない海の上で
ひとり小船を浮かべ
漁をする男に
尋ねたことがあった
ゆれる海の上で　いつも何を考えているの
恋の歌を唄ったり
口笛を吹いたりするのかと

船の上で口笛を吹くのは禁忌だよ
嵐を呼ぶからね

嵐になってもいいのだった
男の腕のなかから滑り落ちるように
海に抱かれ　水中花の泡の儚さで
秘かに消えていく

男の網にとらえられて
魚たちは小さな口をパクパクさせて　水笛を吹く
長短の竹の笛を磨く旧家のあるじの
義眼がずれている

水死人が　水底の揺りかごで
寄り添って眠る　眠る　気泡の音色

捨てた母の　絶叫の尾びれ
あの喉笛

管に繋がれ
硬直したからだで横たわる
あの人の気管からもれる
終末期の喉笛

きららかな海のひかりをみている
船は港に帰る
乾いた汽笛を吹いて

海峡を渡る人

新幹線は間もなく海底トンネルに入りますという短い
アナウンスがあり　地中の隧道を走る遥か頭上に　あの
津軽海峡があるのだという圧倒的な慄きと不思議を　い
つも実感できない　ただこの闇底を走る列車に身をゆだ
ねる乗客の独り独りが　どのような事情を抱えて旅をし
ているのだろうと親近感にも似た　生への繋がりを想う

私が函館から　就職のために上京した一九六〇年の春
青函連絡船で津軽海峡を渡るだけでも四時間余りを要し

た　余程の事情がない限り　帰郷も容易ではなかった
ある年の秋　私は上野から夜行列車で函館に向かった
その人に出会ったのは　連絡船上だった　荒れ模様の空
と海は　失意のどん底にいる私を投映した　不意に　こ
こでは風邪を引くから早く船室に入りましょうと　声を
かけてきた人がいた　壮年の紳士であった　室内の椅子
に腰を下ろすと　売店で　お茶と弁当を買ってきて　食
べなければ元気が出ませんよと　私にも渡したのだ

結婚を間近にして　突然破談　甲板から身投げしかね
ない私を見抜いたのか　その人はシベリアの捕虜収容所
での体験を淡々と語り始めた　極寒の地で　毎日仲間が
飢えと寒さで死んでいく　自分は懸命にロシア語を覚え
通訳をするようになり　仲間よりも優遇され　七年後に

帰国　生きてさえいれば　人生は意外な道が開けるものです　北海道での仕事を終え　津軽海峡を往復してみたかった　明日　札幌経由の飛行機で東京に戻るとのこと

夜の港に船が到着すると　私を引き留め　タクシー運転手に　函館で一番の寿司屋に行って下さいと頼んだ　思いがけなく　まばゆい店内で　贅沢なご馳走になり　母のお土産に折詰めまで注文し　俯いている私に　お母さんの処に必ず帰りなさいと念を押してタクシーを呼んだ　末広町の暗い露地を入った家の電灯の下で　母は独り　着物を縫っていた　寂しい背中の　その肩にそっと手を触れると　振り向いた母は　いきなり　駄目になったのかいという　私は笑顔で頷きながら　折詰めを渡した

姥神まつりのころ

江差の夏
カムイブルーのまばゆい海と
まつり囃子が戻ってくる

白足袋に鉢巻
揃いの印半纏で飛び出していった
元気威勢のこどもたち
招魂祭の山車を曳くひとびとのかけ声が

異郷にあるひとの
貝の耳をゆらし
胸の琴の緒をくすぐる

鄙びた家の軒下にも
紅白の幕や祭り花が飾られ
ラムネ色の飲みものを冷やして
いまも縁台に腰かけて待っているひと

台所からたちのぼる
しらたま　まき貝　お煮染めの
あまからい大鍋の湯気

姥神町から

中歌町の通り

　　まぶしい　いにしえの街道すじ
暖簾やガラス窓に顔をつけ
むかしを覗き込んでいるひとがいる

だれもかれもごっちゃになって戻ってくる
あたらしがり屋も懐古趣味も
へそ曲がりもごんぼほり＊も
よーいぇ　よーいぇ
宵の山車を曳いてくる

＊駄々をこねる、意地を張るの意。

江差のうた歳時記*より

弥生の輪唱・卯月の花

氷雨　穀雨　万物生
大地がよろこぶ雨のうた
北辛夷　蝦夷山桜　檜あすなろ　柏の木
樹木がいろめく森のうた
行く人　来る人　とどまる根魚《ねっけ》
〈泣いたとてどうせ行く人やらねばならぬ

せめて波風おだやかに〉

旅行鞄を持つときは
み寺の桜をみて行きなさい
美しいものをみるときは
いつも慕わしい人を憶いましょう

金泥の龍眼　山門の鐘の音　江差の春海
翁樹　老樹も若返る夢見月

長月の彩り・神無月の収穫祭

とおいカムイよ
あなたの心に　そっと触れさせてください

太陽が金箔のこなを撒き散らす
新月が銀箔のこなを撒き散らす
延々と赤い錦糸銀糸の敷物を織っている
この宇宙と　水惑星の神々しさ

〈人はどこから来て　どこへ行くのか〉
航海日誌は胸を焦がす
収穫祭の樽酒も飲みごろだろう
林檎は林檎色に　馬鈴薯はミルク色に

夕陽が町の家々の窓に射し込む
約束の明日をかがやかせて

*「かもめ島・江差の四季カレンダー〜江差のうた歳時記」（江差観光コンベンション協会）

江差港へ

夏の夕暮れ
フェリーは江差港に近づいて行く

なだらかな緑樹の丘陵
その中腹に
黒光りする寺院の甍が
一段と威容を放ち
千年の衆生の祈りをとらえて

迎えている

港の灯台から
左舷に
田沢の浜や厚沢部《あっさぶ》や
蝦夷山桜の里・乙部《おとべ》へ続く海沿いの道

船首が右旋回すると
開陽丸*の高いマストの向こうに
鷗島がいつもと変わらずに
両翼を広げて入り江を守っている

何度　この景色を見てきたろうか
奥尻港と江差港を結ぶ

幼い頃からの懐かしい航路

船酔いにおびえながら
揺れる船室で
もっと激しく揺れていたのは
いつも私の心の在り処だ

下船する乗客と
入れ替わりに夜の航行に向かうフェリーに
乗り込む人びと
ひとりひとり　暮らしに抱えている波形が
穏やかな明日でありますように

北の町には冥王星のような街燈が灯る

夏祭りが近づいている
旧友を見舞うこともなく
小さく再会を約束して江差を離れる
港の向こうに
漁火の耀く麗しい七月の海

＊現在、幕末に江差沖で沈没した榎本武揚の艦隊の旗艦を再現した史跡資料館になっている。

*

やわらかなセンサー

きさらぎのサンゴ礁の渚に
両手をさしだして触れる

はじめての沖縄の大浦湾の波はあたたかく
やがて消滅するかもしれない湾曲の岸辺に跣を浸す

真綿でくるんだ貝殻骨の小箱を
小走りで手渡してくれた人のやわらかな笑み

唄の島の哀歌の棘のような
多島海の白いほね

外洋と内海のせめぎあう波に圧される漁礁で
いのちを賭して男たちは潜るのだという

海霊の無言劇を届けに来た人の日焼けした相貌
貝殻骨は精緻なセンサーとなる

カササギの橋

あなたの住むソウルの街で
再会の初秋の空を見上げていた
カンチェギと呼んでいるという
カササギの飛翔する空
かつては　あちらこちらの高い木立に
カササギの巣があった

圧倒的な現代の高層ビル街　車列の道

街路樹の向こうを碧の漢江《ハンガン》が流れる
七夕の夜　牽牛と織女を逢わせるために
天の川に翼をならべて
橋を架け渡したという群鳥の姿はなかった

私の頰に降りかかる
雨のしずくは
不死鳥たちの濡れた翼の飛沫だろうか
どのように遠く焦がれても
昔話に棲むことは幻影なのか
想像の空より高く鳥は飛べない

目と目をあわせ　両手を差し伸べて
あなたとの再会を喜ぶ

ただそれだけで嬉しいのに

巨大遊園地の駐車場越しに臨津《イムジン》閣の眺望台がそびえる
帰らざる川の土手の山菜料理は
悲愁の苦い味がして
沢蟹の墨色のハラワタを
罪深いわたしは啜る

日没の遠い森から
喉をつぶしたカササギの鳴き声がした

フィリリリ　フィリリリ

月の光で
軒下のドアーの鍵穴をさぐっていると
チリリリ　チリリリ　チリリリ
錫が鳴る

葉隠れの小枝にのぼって
いつからそこに潜んでいたの
〈お帰り　遅かったね〉

枕もとの錫を振るように
暗がりにわたしを佇ませる
チリリリ　チリリリ　チリリリ
フィリリリ　フィリリリ　フィリリリ

ひもじさのために
自分自身の脚を食べつくして
虫籠のなかで亡骸になった草ひばりを
八雲先生は憐れんだけれど
終生の恋歌を歌い続ける虫の哀れも
叱責されるお手伝いの女人も哀しい*

五分の魂を響かせる草も虫も
蝦蟇《がま》も棲んだ

庭には物語が埋まっている
一夜限りの相聞だった
不意打ちの草ひばりが鳴く
胸を焦がして
フィリリリ　フィリリリ　フィリリリ

＊小泉八雲『草ひばり』より

供花の庭

ふたりで庭に穴を掘っていた
三丁目のあたらしい家の枯れ始めた芝生に
金木犀と銀木犀の花がしきりに散りかかり
黙々と夫婦で土を掘っていると
埋められるのはどちらだろうかとおもった

ひとりで雪かきをした
二丁目の家で　通りまで道をつなげようと

牡丹雪に濡れながら
シャベルで重い雪を除けていると
むかしの　あの家の庭に
埋めてきたはずのひとをおもう

こんどの家は終の棲家だ
庭には毎年　球根を植えた
一緒に来たはずの　あのひとは
だんだん薄くなって
足元がゆらぎ
低い声で音もなく歩き
ときどきどこかに消えてしまう

今日も　二階の階段をみあげて

降りてくるひとを待っていると
くらがりの穴の底で　あやかしのように
ひんやり
埋没しているのは
わたしなのであった

春の庭に　供花が咲きだした

オールド・ラング・サイン

北のふるさとの奥尻島では
夏休みのころ蛍が飛び交った
蛍狩りには町はずれの川原や湿地まで
年長のお兄さんのもつ懐中電灯の明かりを踏むように
子どもたちは髪青くしてついていく
闇夜がまだほんとうの暗闇だった
島が地震と大津波に襲われてから蛍は姿を消し
幾筋もの川は母たちの涙のように美しく流れて

二十年の歳月が過ぎ去っても蛍はもどらない

東北を襲った津波は巨大瀑布になって平野や川を遡った
山懐の水源地に蛍の幼虫をのこしていっただろうか
にがよもぎの野原でいきのびられるだろうか
大地の目もと口もと耳もとに惨雨のカウントを滲透させて
生徒たちの指先に未来は灯るのだろうか
夜空を飛び交う蛍火をみせてあげたい人がいる

卒業式ではいまでも「蛍の光」が斉唱されている
晋の車胤ならぬ中国から帰った友がいうには
「あちらの蛍はガサゴソガサゴソ窓辺に寄ってくるの」
「ひと塊にしたら本くらいは読める明かりになるわよ」
飛ぶ蛍と歩く蛍　火の玉が燃えるような蛍もいる

インドのシャンティニケタンのタゴールハウスの裏庭に
日本の庭師が造った池があり　二月にオタマジャクシが泳いでいた
「蛍もいますよ」とタゴール大学の青年がいう
「池からたくさん這いでて周囲の木にのぼります」
「樹木全体　蛍が光りかがやき素晴らしいです」
乾季のインド大陸の空をみあげると
東京の電飾街路樹の衰弱がみえてくる

危険から守りたまえと祈るのではなく
危険と勇敢に立ち向かえますように

青年が昨夜朗読したタゴールの詩のメモが
わたしの手のなかでしずかに発光をくりかえす

今日、首を切られる黒山羊のために

土も水も火も
生きものを生み育て
生きものを殺める

天界に帰る神が
春楡の木の下に
斧を置き忘れていったばかりに
男はその斧をもち上げふりかざし

祈りのために差し出されん
生け贄のちいさなちいさな黒山羊の首を切る
軽く薪割りでもするように

コルカタの赤い舌の女神・カーリー寺院の生魑魅
原人のうたう哄笑の被爆総量
ほそい首頭と胴体とが離れ
流れ出す血とガンジスの聖水の一滴はどにも
わたしの涙は流れない

昨日も今日も姿を消していく生きものたちと
赤い舌で飲み込んでいくわれらの肉食
土と水とその火をもち
生きるために生け贄を求め

ジューシーに焼き上げた肉片を
口に運ぶ

今日、首を切られるちいさな黒山羊のために
尻込みして
足を踏ん張っているのはわたしだ
その耳に他人の祈りなどはとどかない
わたしがわたしであるために
斧を見上げる

水の果物　パニ・フォル

パニ・フォルなら　昨日　僕は食べました
詩聖タゴールの研究者だというインドの青年が
シャンティニケタンの詩人の別荘を　流暢な日本語で案内を終えたのち
ツアーバスの出発まぎわに　わたしに応えてくれた
野原の向こう　川原の茂みのそばに　バザールがあります
今日も　売っているかもしれませんから　行ってみましょう
ベンガル地方で　パニ・フォルはヒンドゥー教の神さまの好物

かつてインドを旅したチカップ美恵子さんに教わった
アイヌ語では　ペカンペ（菱の実）
菱の葉が赤く色づくチュッ・チュプ（秋月）は
塘路《とうろ》湖畔のペカンペ祭り
イナウを祀りウタリたちの厳かなカムイ・ノミ（神への祈りの儀式）がはじまる
やがてムックリ（口琴）の音色が湖面をゆらし　収穫祭の踊りの輪がひろがる
　ケタ・ハタ　ケタ・フレ
　　ケタ・ハタ　ケタ・フレ
湖上に丸木舟を浮かべ
トーオロ・コタンのペカンペ採り

　　君がため浮沼《うきぬ》の池の菱《ひし》摘むと
　　　わが染《し》めし袖濡れにけるかも

万葉のうた人は　いずこの浮沼のほとりにいたのだろうか

ホクホクホク　栗のような味がする
茹でたてのペカンペを　ハポ（母）にもらい
やせっぽっちの　ピリカ少女が　幼い弟と食べている

パニ・フォルを売る二月の川のほとり
高良とみさんが聞いたジャッカルの声
原子朗さんが追いかけたみどりの多眼の美しい翅をもつピーコック
（タゴールの敷地の土地は遥か地平線の果てまであるんだよ）
彼方には黄土色の平野に傾く真紅の太陽があり
タゴールが植えた巨大なバンヤン樹の木の下で
青年が見送っている

旅はいつも心を残す
走り出したバスの窓から小さなバザールのテントがみえた
パニ・フォルを咥えた渡り鳥が
まぼろしのヒマラヤ（雪の住む処）の嶺へ
飛び去っていく

＊インド菩提樹とユーカリの葉をノートに挟みながら
〈二〇一二年二月五日　シャンティニケタンと記す〉
一瞬　雪に埋もれた北の古潭の虎落笛《もがりぶえ》が鳴った
チカップ美恵子さんが逝ってから一年後のインドでの命日であった

*

亀裂に棲む蟹の哀歌

恐山に行くとあなたは言う
あいたいひとに逢えましたか
ご先祖代々の苗氏と同じ名の
地獄めぐりはされましたか
修羅王地獄　金掘地獄　女郎地獄　重罪地獄　血の池地獄
なぜルーツの名に地獄がついていたのでしょう
偶然にすぎないのでしょうか
あなたのフォークウェイズはどこに続いているのでしょう

この世の地獄をみたというひとが
膝を折って哭いている
助けを呼ぶ　わが子　わが妻　わが父母
硫黄華の青い炎が燃え上がり
極楽浜の裂けたかざぐるま
たましいのかずだけ極楽浄土へ

霊媒のそでをふりきる
あやうく三途の川の太鼓橋を戻って
さすらうひとたちの足裏の水のしたたりが
わたしのひび割れた甲羅を濡らして帰っていく
それがわかるので
ここで呼び戻すことはできない

横這いに大間をめざす

大間では昼間も夜も
かそちのなかまがガニガニ議論している
すでに売った覚えがない
いや　売ったのはおまえだ
じょうだんじゃない　こうかくにふかい亀裂
土地を売ったなんて
海を売ったなんて

いつだれの権利で売買したのさ
わたしは磯に棲んで骨惜しみして
甲羅に似せて穴を掘っていたけれど

またもや狙われたかそち
津軽海峡の鮪も食えなくなる
わたしは鮪は食べないけれど
畑と海があれば生きていける
食べる食べないのもんだいじゃないのだよ
売れるか売れないかのはつでんがくがく

いやだ
いやだ
いやだ

かそちの岬の畑と海をうばわないで
死活もんだいと叫んでも
ことばは水のあわだと

せせらわらうやつもいて

帰りなん　いざ　わがふるさとの岸辺に
東海フェリーの船底にしがみついて
島の磯にたどりつき
防潮堤を這い上がろうともがくけれど

島は絶壁の城壁になり
老いた蟹はあえなく墜落
ふるい日に潜水夫が積み上げていた
ふるい岩壁の亀裂にもぐりこんで痛眠する

眠い目に　むかしの月が冴えたほほえみ
白昼の目覚めに　小魚の小骨がよういされている

岩のあいだからあわがたちのぼる
あたたかい海水のあわが
わたしの温泉郷のようでいて
地獄温泉の地熱はつでんのきざし

わたしの霊媒よ
煩悶するな

漁網にからまったピアノから
かすかに奏でられている青磁いろの練習曲

小学校の校庭に埋めたタイムカプセル
廃村の墓地に埋められた身元不明者
廃校の床下に埋められた〈純粋言語〉論

恐山に行くとあなたは言った
だれか未来像のくちよせを聴いてきましたか
赤いべべの水子地蔵　破れかざぐるま
ビニールの供花パック詰め菓子原発建設ロードの土留め

死のあじがする藻屑を鋏脚に
くらやみの防潮堤の亀裂に棲む
腹這いのわたしに
しのびよる〈フルＭＯＸ〉の　夜

悪魔の排泄物

真夏の教室で
教授は憑き物や妖怪の存在について
〈明治以降　現代科学では
否定されているとおっしゃった〉
妖怪と魔物が好きとは言えない
うっかり好きと言って
憑りつかれたら困る　崇られたら恐ろしい

けれども　現代科学が産みだした化け物もいるはず
この世界はすべからく
魔界の色彩をおびてきた
聖なる悪魔の実態をわたしは見たことがない
人や物にとりつく
無色透明な憑き物が確かにいる
確かに存在することを見に行かないだけだ

自分に都合が悪い出来事を
すべて悪魔ということばに置き換えて
安穏　あるいは　深刻ぶって
他人の嘘を暴いても
魔界の色彩カプセルは体内を蝕む
悪魔のしっぽなりとも捕まえてみたい

野を越え山越え　谷川で群棲する猿のテリトリーを目に
無人の曠野の送電線と鉄塔の道を辿れば
積み重なって折重なって増殖し
犇《ひし》めいている黒の物体《フレコンバック》が丘陵をなしている
巨大化した鼠たちが　黒い林檎袋に穴をあける
死のトゲのように　不滅の魔物が
〈ヤッパ　イルジャナイノ〉
護符を貼って封じ込めようにもあとの祭り
受難の貌をしてスタディーツアーの車窓のなかの私たちも
すでに袋詰めされている

海境

辺見庸氏のルポルタージュ『もの食う人びと』のなかに
「美しき風の島にて」という択捉島への旅が載っている
『露日辞典』にラプーフ＝ゴボウとあるので　白人が嫌う
土中の木の根のような　ゴボウを食べるロシア人が択捉
島にいるのなら〈あの島が「日本固有の領土」であるこ
とを、食の面から補強することになるかもしれない〉と、
氏は真冬にモスクワから三日間かけて島へ向かうのだが
ラプーフはゴボウではなくフキのことだと現認　ちなみ

にパーパラニクはワラビのこと　その前菜の「新サラダ」を〈見れば、隣りの席の雲つくほどに大きな婦人も、口にフォークでどさりどさりとラプーフを放りこんではワリワリと食みつづけているのであった。外は風。小雪も混じってきた〉と詩的だ

エト　ロフはアイヌ語で岬のある所という　ハポ　マイシャ　コタン　クナ　シリ　と　舌で飴玉のように　転がしていると　最近それらの島の名前をロシア語の地名に変えるらしいという情報があり　一瞬　イワン大帝の大机をおもいだし　天突くほどの大男が　鷲摑みで　それらの島々を　ワリワリ　ワリワリ　と　食べつくしている姿がおもい浮かぶ　元凶は負けイクサ　ハポハポコロコニ　トゥワ　食む食む　カムイ・モシリ　遠い冬

深夜の尋問

列車を待つあいだ
木造の長椅子にもたれて本を読んでいたのについうとうとした
――シンヤさん！
――うっ　っシンヤ？？（確かにいまは深夜だけれど……）
――シンヤさんでしょう！
――ちがいます　シンヤじゃありません　（旧姓深谷の読み違えか）

突然　四、五人の黒ずくめの男女に取り囲まれていた　ここでは人目につき

ます　すぐみんなが集まるので　あちらに行きましょう　われわれは警察の者です　荷物は持ちますと　バッグを人質のように取り上げ　私は読みかけの本を手に　明かりを落とした駅構内から出口へと誘導され　人影が絶えた駅前広場の横の暗がりに止まる一台の闇色のワゴンに押し込まれた　ドキドキモノだ
そうか　こうして犯人を追い詰めるのか　めったに出会えない体験だからミステリーや詩の題材になるぞ　ところでその〈シンヤサン〉とはどんな罪を犯したのですか　教えて
秘密です　あなたに良く似た人なんですと答えるだけだ　女警官が私の横座席に座り　開けたドアーを男たちが塞ぎ　前座席から二人が身を乗り出して身分証明証をみせてくださいという　身分証といっても国民健康保険被保険証では本人かどうか判らない　運転免許証かパスポートとか顔写真が付いた本人確認ができるものをと　バッグを覗き込む

津波災害で亡くなった人たちへの夏の追悼式に参列し　淋しい一夜を過ごし

て　今日は早朝のフェリーで島を離れ　追分の町でバスに乗り換え　過去に住んだことがある市街地の駅にたどり着いたのだった　夜行列車に乗れば明日は飛行機よりも早く家に帰れる　荷物は島から宅配便で送った　駅前ホテルは花火大会の観光客でどこも満室ですと断られ　被災地の人たちの涙を想うと一晩くらい駅のベンチで過ごしても平気だ　時間つぶしに映画のセットのような裏道の粗末な食堂に入り　ここの夫婦はあの地から駆け落ちしてきたのだと物語を組み立てながら　黒焦げのサンマ定食を食べ　コンビニエンス・ストアーで短編小説集『99のなみだ旅』と　綾野剛推薦〈血も心も身体も嘘みたいに、ここには確かな生《じじつ》が在る〉と帯文のある中村文則『掏摸《スリ》』の文庫本二冊と缶コーヒーを買った　防犯カメラは何を映したのか　私の片割れ星よ　砂洲《トンボロ》の夜空のどこに潜むのか

午前三時二十分発の列車は予想外に多くの乗客をのせて時刻通り出発した
海峡線は闇深く地底を走る　闇の窓を怪しい目つきの刑事が尾行してくる

鈍痛のような腹立たしさが込み上げてきた
たとえ凶悪犯の女でもその〈生《じじつ》〉を知りたい
シンヤ　捕まるなよ！

妖薬を買う

海沿いの崖の上に這い松の低木や熊笹に囲まれた造成地があり
にわか造りのベーシックな共同住宅が　数軒並んでいた

道端の蝦夷ヨモギの葉をちぎりちぎり　噛んでは吐き出して
女が　番号のついたその家を訪ねると　男は仮面病者のように
表情も変えず　戸口に立っていた
ああ　この人は　まだ水の容器なんだわ

女が連れてきた二人の幼子たちは　小魚のかたちの靴を脱ぎ
男のわきをすりぬけ　ちゃぶ台の前に座った　ここがこれから
のぼくたちの家なんだ　ちゃぶ台には酒の大瓶と湯飲み茶わん
一つ　どこかで見たことがある　男の部屋

部屋の高いところに　この男の家族であった人たちの　写真が
七人も顔をそろえ　同年同月同日　海にさらわれた　自分たち
の承前か　序章を投げかけるような瞎の滴りをにじませている
雨宿りの居心地で　水の男と枕を交わすことなどできない

霊風が　水の震え声をふるわせる　秋から冬にかけ　島の向こ
うの温泉街に働き口があるからといって　女はたびたび出かけ
た　子どもたちは　おとうちゃん　おとうちゃんと男にまとわ
りつき　雛のように可愛い口をあけて空腹を満たし　眠りにつ

く

新しい漁船を手に入れ　男は　朝夕の磯回りで漁をはじめた
雛たちは　寂しい大人たちの慰めになり　托卵の遊びに無心だ
その姿は男を苦しめた　失った三人の息子や　妻や両親や弟が
漂着した遠海の果て　重い水嵩　冷たさに耐えきれなくなり
いまにも母衣《ほろ》のように膨らんだ水袋が破れてしまいそうな全身

不意に　眩しい姿態で　女が帰って来ると　街で覚えたという
指先で　男のからだのあちらこちらのツボを　くまなく押し
撫でさすり　口移しに媚薬のような甘露の蜜をのませてくれる
恍惚としたゆめうつつ　新妻を抱き寄せ　至福の湯水が零れる
遅い春が来た　春の雨が降ってきた

港に一艘のプレジャーボートが停泊していた
誰のモノかと密かな噂になっていた
左腕にタトゥーをしているよそ者が　誰かを探し回っていた

雨上がりの朝　新妻と子どもたちが消えた
多額の弔慰金《たくわえ》も消えていた
俺にもまだ失うものがあったのだ　男は呆然と海を視ていた

眠れない木

夜ごと眠れない
彼女の
白い首すじの肩のくぼみに
鳥のくちばしが突ついた傷あとがある

眠れないのは
夜ごと
鳥が森の木に巣穴をつくるように突ついているせいなのだ

夜の森の底で
自分がどんな時代に立っているかを見失って
跳ぶ夢をみているばかりに

あけ方のくずれかけている空に
植物図鑑にもない木が眠り
鳥類図鑑にもない鳥が鳴く

空腹を満たすために
彼女はことばをついばみ喰い散らして
精神の食事をスプーンですくった

肉体の眠りは木を細らせ

鳥は漲る力で
ロープ状の死をはこんでくる

眠れない脳液が
発汗をはやめて
内部の空洞が吊られる人体を住まわせる

朝はまだこない
ポッカリの空洞に歩行者が浮上し
首すじに通じる道を昇ってくる
歩く足音が鳥類の声で啼く

鐘の音

少年がつく鐘の音がミサの時間を告げ
スーズダリの村に響く
涙ぐむスカーフの老婦人がいて

祈りを禁じられた遠い日に
教会に行く教え子たちを厳しく罰した
自分の罪をいまも懺悔するという

禁止を解かれた戦火ののち
失われた教会の鐘のかわりに
みずからガスボンベを叩いて
人びとにミサの時間を告げたと

函館のガンガン寺（日本ハリストス正教会）の鐘が鳴る
啄木の聴いた半鐘の音
尖塔の風見鶏がわたしに告げた
家出のススメ
母が祈る子音を聴かずに
旅立った春の日のことなど

スラヴァの歌うベルロシアのふるさと
ゴメル村の鐘の音　シャガールの夜空　終日の瞑目

*

母と漁火

八月の終わり、羽田から函館行きの最終便に乗った。機内アナウンスが間もなくの到着を告げたので、窓の下を覗くと、津軽海峡のあたりだろうか、夜の海に、漁火が点々と見えた。

地上からは、漁火銀座といわれ、対岸の街の灯のように見えるイカ漁の集魚灯が、上空から見ると、互いに距離を取り合って散らばっている。

この海の日本海側にある奥尻島で、戦後、私の母は、男たちにまじってイカ釣り船に乗って働いた。夕暮れ、二、三トンの木造船に電灯が一つ。釣り具と小さな手元用の行火《あんか》を持ち、船に乗り込んでいく耳の遠い母を見送るときは、子供心に、喩えようのない哀しみがみちた。

荒海に浮かぶ雪の島には
漁船に乗る女たちの姿があった
夜の沖合の闇とおく
集魚灯をゆらし
男たちと　男がわりの女たちが　漁をした

るすばんのこどもたちは

気象官のように
雲行きや　風のそよぎに
過敏になった

雪の夕暮れ
行火ひとつを手にして
母たちが船出するとき
海辺の見送りもこどもたちの仕事だった

船酔いに　なれたろうか
おぼれかけていないだろうか
おわんのような船なのだから
ヒシャクガエシにおそわれてはいないだろうか
おやゆびほどの大きさの母が

流氷に乗り　エンジンを切らして
不安の夜をさまよっている

空想が実像のカナシバリを呼んでくる
そんな夜の海の底で
父のいないねむりをねむった
（「夜の船」部分、『ペデストリアン・デッキの朝』）

島では、小学の高学年から中学生、男手のない家では、女たちも船に乗り、真冬でもイカ漁に出ていた。小さな木造船だった。

私は、母と祖母の三人暮らし。異父兄は江差の叔母の家に下宿していたので、母がイカ釣りに出た夜などは、いつまでも眠れなかった。

いまでは、三トンくらいの船から、二十トンクラスの大型船までが漁港に並ぶ。集魚灯もラグビーボール大の電球が、二列に、ざっと数えて五十個余りも吊られている船がある。その光が、目に入ると火傷をするので、漁師はサングラスをかけて漁をするのだという。最近はＬＥＤが使用されるようになった。

船の両舷には、自動巻揚げ装置が幾つもついている。テレビの映像では、その釣り糸の先の海面からイカがぴゅんぴゅんと船に跳びこんでくる。

二十年前、南西沖地震に遭った奥尻島へ、私は、八十歳の母を伴って、知り合いの人たちの見舞いに行った。そこで中学生の頃、私の母と一緒にイカ釣り船に乗ったという元郵便局長の坂野さんに会った。

むかし、船主に頼んで、いつも十数人がイカ釣り船に乗せてもらった。我われ少年たちは舳先の方に、働き盛りの男たちは両舷に、三人程の女たちは船尾に配置が決まっていて、港から沖合に出て、イカの群れにであうまで、皆が船室で仮眠を取るのに、あなたのお母さんは、一匹でも多く釣ろうと夜通し起きて釣り糸を垂れていた。イカの群れが来ると船端を棒で叩きながら大声で皆に知らせる。

大漁の日は、男たちに敵わないが、漁の少ない日は、お母さんが一番多くイカを獲って、自慢をする明るい人だった。いつも懸命に働いていたよと、話してくれた。

そばで、にこにこと笑いながら、イカを釣るしぐさをする母は、得意気で嬉しそうだった。

私は、長い間の心の霧が一挙に晴れるのを感じた。子供の目には、耳が遠く、淋しい母の姿しか見えていなかったのだ。

当時は防寒着もなく、モンペにゴム長靴、早朝、漁を終えて帰ると、すぐにイカを捌《さば》き、張られた縄に干す、凍てつく寒さの中で、一連の作業が終わるまで、母の疲労は大変だったとおもう。

母ばかりではなく、記憶の情景をたどると戦後の食糧難の苦労を、大人たちは、助け合って、たくましく生きたのだ。

東京に長く住んでいると、海が恋しくなる。春夏秋冬、どのような季節でも、北の海に行くと、胸が膨らみ、息苦しさから解放される。

船が停泊している昼間の漁港を歩いたり、夜の海岸に漁火を見に行ったりする。

十年前に亡くなった母のことをいつも思う。

青みをおびて煌々と輝いている漁火。

低空飛行に入った窓からは、函館の街が雲一つなく、俯瞰された。素晴らしい夜景だ。

――メモリアル　二〇一五年八月

端境《はきょう》の海《うみ》

著者　麻生直子《あそうなおこ》
発行者　小田久郎
発行所　株式会社思潮社
〒一六二―〇八四二　東京都新宿区市谷砂土原町三―十五
電話〇三（三二六七）八一五三（営業）・八一四一（編集）
FAX〇三（三二六七）八一四二
印刷所　三報社印刷株式会社
製本所　小高製本工業株式会社
発行日　二〇一八年六月三十日